■ 저자(김원명) 근영

새미현대시 18

노을밭 조약돌

김원명 시집

새미

이 도서의 국립중앙도서관 출판시도서목록(CIP)은 서지정보
유통지원시스템 홈페이지(http://seoji.nl.go.kr)와 국가자료공동목
록시스템(http://www.nl.go.kr/kolisnet)에서 이용하실 수 있습니다.
(CIP제어번호: CIP2013019636)

序詩
— 제3시집을 내면서

불빛이 흐르는 창은 따뜻했다
그 안에 초롱초롱한 별들이 자라고
늦도록 기다리는 불빛이 있어
비바람 눈보라에도 떨지 않았다.

어느 날
창에 불빛이 꺼진 뒤
길을 잃고 겹겹의 어둠속을 헤맸다.

사방천지 칭칭 엉킨
고적한 노을밭 건너는데
인생의 길동무 되어준
詩만이 위로가 되었다.

혼신의 힘을 쏟은 칠 년 세월,
몸을 허물어 시를 썼다.

하현달에 몸을 비벼대며
빈 항아리에 시를 퍼 올려도
詩의 샘은 깊기만 하고
두레박 끈은 너무도 짧았다.

2013년 가을
서울 마포 복사골에서
김원명

차례

제2부 ǀ 선에 대한 생각

제3부 | 오시는 소리

제4부 | 멀고도 아득한

◇ 後記

제1부

빈 항아리

빈 항아리

기다림 가득 찬
빈 항아리 하나.

손이 닿을 수 없는
높디높은 하늘은
언제 보아도 눈부시다.

가끔 구름이 빗방울 데려와
뚜껑 잃은 빈 몸을 적시고 지나간다.

저 혼자
흘러가는 구름이나 담아보는,

빈 항아리
그리움에 배만 불룩하다.

입추 立秋

고추잠자리 날갯짓에
파란 하늘은 시리도록 깊어져
땡볕이 살그머니 물러나고 있다.

계절은 절반을 넘어가고
귀뚜라미 어디쯤 오고 있는가.

은행나무 밑, 삐걱거리던 의자
어느덧 풀벌레 우는 들길로 옮기려는지
엉덩이를 들썩거린다.

하늘거리는 코스모스 들녘에
누군가 입추라는 말뚝을 박아놓았나
점점 짧아지는 햇살

입추立秋

고추잠자리 날갯짓에
파란 하늘은 시리도록 깊어져
땡볕이 살그머니 물러나고 있다.

계절은 절반을 넘어가고
귀뚜라미 어디쯤 오고 있는가.

은행나무 밑, 삐걱거리던 의자
어느덧 풀벌레 우는 들길로 옮기려는지
엉덩이를 들썩거린다.

하늘거리는 코스모스 들녘에
누군가 입추라는 말뚝을 박아놓았나
점점 짧아지는 햇살

말복과 입추가 자리다툼하느라
더위를 밀고 당긴다.

땡볕도 엄동도 견디기 어려운 두려움,
폭염과 혹한의 틈새에 끼인
내 가을은 어떻게 물들여질까?

양배추

마트 야채 코너,
속옷을 겹겹이 껴입은
속 깊은 양배추를 데려와 씻었다.

흙먼지와 바람 한 점 스밀 틈 없도록
옷자락 단단히 여몄다.

태어난 본성대로
둥글게 껴안은 치밀한 밀착,
한사코 지켜낸 순결의 무게에
저울이 휘청거린다.

겉꺼풀의 지극한 저 사랑
시린 하루 위에 또 하루가 겹치는

그 숨 막힘을 어찌 견뎌왔을까

푸른 겉옷을 벗기고
한 장 한 장 들춰내도 부끄럼 한 점 없는
저 눈부신 속살,

바람과 햇살도 품고 싶었던
저 속살의 깊은 맛에
눈감고도 차린 황홀한 저녁상.

악어가죽핸드백

한때는
강을 찾아오는 순한 초식동물들을
한입에 삼키는 포식자였다.

어느 날,
유명상표를 달고 진열대에 놓이더니
고가의 명품이 되었다.

악어는 여전히 포식자,
여인들의 시선을 끌고 마음까지 삼킨다.
분수에 넘치게 카드를 남발한 여인들
허영심을 수없이 물어뜯었다.

가슴이 텅 비어 허기질 땐

포식의 야성, 그 기억이 살아나
입을 크게 벌린다.

저 악어가죽핸드백,
진열대에 앉아서
또 다른 먹잇감을 찾고 있다.

빗소리

가을비 내리는 어스름 저녁
메마른 마음 적시고파 골목을 거닌다.

가로등도 사유思惟 하나 매단 채
끊겼던 메시지를 어슴푸레 풀어내
온몸을 적시며 서있다.

비틀거리는 발자국 따라
우산 위에서 낙하를 멈추는
또 다른 발자국소리,
돌아오지 못하는 하늘의 소식인가
우산 속에서도 소리 없이 비가 내린다.

골목길 포장마차
빗줄기 사이사이를 밤술로 적시며
내 몸 어딘가에 고인 눈물 퍼내려도
젖은 바짓가랑이로 새처럼 날지 못한 채
비의 무게로 거리를 서성인다.

깊은 밤,
끝내 떨쳐내지 못하는 빗소리…

감잎

가을 이랑 한 켠 타고 앉으면
바람과 햇살이
다시 나를 익혀줄 수 있을까

주황빛으로 온몸 물들어도
끝내 알맹이도 이파리도 다 거두어가
맨몸으로 견디어야 하지만,

높은 저 하늘이 있어
다시 가을이 온다면
마음껏 출렁이고 싶은데
바람과 햇살의 정본은 어디에 있을까?

감치는 기억 몇 페이지 복사해
다시 읽고 싶은 알록알록한 서책
구멍 뚫린 몇 쪽을 주워 담는다.

찬 서리에 빛바랜 잎새들
다들, 어디론가 떠나갈 즈음
저 감나무 까치밥 곁을 떠날줄 모른다.

가족

대문 열리는 소리 기다리다
설핏 잠이 들었던 아내,
한밤에 깨어 현관에 벗어둔 신발을 확인했다.
늦도록 오지 않은 신발을 기다리며
번번이 잠을 설쳤다.

어느 하나 소홀히 할 수 없는
한 가슴 속의 신발들,

때로는 문 쪽에 흩어진 신발 하나
막막한 세상 건너와
뒷굽 닳은 아빠 구두 위에 콧등을 얹고
잠에 취해 있기도 했다.

크고 작은 다섯 켤레
어쩌다 일찍 저녁밥상에 둘러앉으면
아내는 마음 놓고 잠자리에 들었다.

큰아들 짝 없다고 애를 태우던 아내
덩그러니 신발 벗어놓고 떠난 뒤,
새 식구 분홍신발
그 곁에 예쁜 아기 꽃신
현관은 도란도란 웃음이 가득한데,

밤하늘 별 하나, 빈 자리에
알전구처럼 불을 켜고 있다.

석화 石花

허전한 거실 한 켠
향기 한줌 없는 석화 한 점,
마른 돌덩이에
뿌리도 없이 몇 천 번쯤 뒤척여 띄운 꽃무늬
누가 어떻게 심었을까?

바람마저 들지 않는 유리벽 진열장에 갇혀도
지지 않는 꽃
누군가 날 선 도끼를 들이대지 않는 한
아무도 꺾지 못하리
영원히 거기에 피어 있으리

저 돌 속에
길을 낸 천기天氣의 언어가 있어서

가늘게 촘촘히 새긴 신의 손
누굴 위해 깎고 다듬었는가

저 곳에 어느 혜성이 살았기에
저 돌에 스며들어 얼마쯤 좌선을 하면
시들지 않는 돌꽃으로 피어나게 하는가

물비늘이 저물다

저 바다는
큰 아가미를 가진
거대한 물고기인가.

말갛게 갠 햇살이
가만히 내려앉으려다가 미끄러져
황금빛으로 파닥거린다.

물비늘마다 숨 가쁘게 걸어온 해와 달
거닌 발자국 빼곡히 새겨져
바람 따라 퍼져가는 저 물결처럼
밤새 뒤척이는 바다,
헤적이는 물살이 바다의 가슴을 파고든다.

문득 그리움이 스멀스멀
한줄기 눈물로
한참이나 우두커니 바라보았다.

저문 바다처럼 늙어가는
거대한 고독에도
아가미가 돋고
야윈 등뼈에도 지느러미가 돋고,

어느 날
갈매기 붉은 울음 토해내며
하늘과 맞닿은 저 수평선 아슬히 넘어가리라.

감방일기

몇 해 전 아내는 내 곁에
두툼한 봉투를 놓고 홀연히 떠났다.
내 맘대로 꺼내 쓰도록
봉인도 하지 않은 채,

그 봉투를 펼치니
아내에게 익숙했던 일상이 쏟아진다.
쌀 안치고, 상 차리고 설거지와 빨래 그리고 청소…

홀로 밥을 먹고 쓰러져 잠드는 일이
한참 동안 낯설고 어설퍼
아내를 찾아 기웃거렸다.
봉투를 뒤집어 봐도
찾아가는 길은
그 어디에도 적혀 있지 않았다.

저 유리창 밖으로
봄이 오가고 몇 개의 겨울이 눈처럼 흩날려도
차마 그곳에 갈수 없었다.

봉투 겉면에 쓰여 있는
독방에 감금된 금고형 수인번호 칠십 세,
형기刑期는
그리움에 지쳐 쓰러질 때까지…

나의 감방일지의 여백은
오직 詩로 채워지고 있었다.

노루발 인생

남대문 시장통 한복판
허름한 빌딩 지하실에 등 붙이고
노루 몇 마리 살고 있다.

푸른 숲이 그리워도
빠져나갈 곳 어디에도 없어
시멘트 바닥에서 발만 동동 구른다.

드르륵드르륵, 울음으로
삼십여 년 발자국 찍고 살아온 수선집
발밑에 구겨진 세월이
소복이 쌓여 있다.

제자리만 맴도는 노루발 사이로
바늘은 오색실을 번갈아 물고 쉴 새 없이 내달린다
그동안 이어 붙인 길은 얼마나 될까

이제 머리카락 희끗희끗한 노루
먼지와 실밥으로 배를 채우고
오늘도 페달을 밟고 있다.

노을

을왕리 바닷가,
노을을 수집하러 온 시인, 화가, 사진작가들
잘 익은 하늘을 가슴에 쓸어 담기에 바쁘다.

채색하기 좋은 저 풍경.

어떻게 그려야 좋을지
묵상하는 저마다의 눈빛이 뜨겁다.
수평선 너머로 떨어지기 전에
마음구석까지 붉게 물들여야 한다.

저 일몰이
얼마나 애달팠으면
하늘도 바다도 하나로 엉켜
저토록 환장하게 타오를 수 있을까

저 노을에 젖고자
수평선 너머까지 따라갔다
가슴만 벌겋게 데어
되돌아온 날 밤,

나의 詩밭엔
갈매기 붉은 울음이
밤새 떠다니고 있었다.

마우스

책상 위에 웅크린 늙은 쥐 한 마리,
주린 배를 채우려고
컴퓨터 열고 드넓은 창고를 뒤진다.

허기를 채워줄 알곡은 어디 있을까
긴 꼬리 끌고 여기저기 헤집고 다니다가
어느 詩밭에 들어서면 간판에 붙은 메뉴들
참, 오늘은 무얼 먹을까?
차례로 입맛 다시다
어제처럼 또 그곳에서 발을 멈춘다.

아직도 쇠심줄보다 질긴 것과 단단한 뼈만 많은 건
넘길 수 없어 겨우 고른 것
소월의 진달래와 영랑의 모란

미당의 국화까지 도배된, 愛 끓는 식단에서
겹겹이 풀칠을 하고도
마우스를 놓질 못한다.
허기의 끝은 여기가 아니었으니까

이런 날
몸은 나선형 적막 속으로 점점 묻히고
詩에 허기진 꼬리만 점점 길어진다.
숨통 줄, 꼬리가 끊길 때까지 헤매며
내 속의 비명을 더 쓰다듬어 주어야지.

슬픈 초원

우기와 건기 오가는 아프리카 초원
부옇게 먼지를 일으키며 누 떼가 이동한다
저 비정한 여로,

맹수를 피해 수백 리 지치도록 달려왔다.
이제 초원은 코앞이다
목숨을 걸고 깊은 강물을 건너야 한다.

먹이로 기다리는 포식자들
때맞춰 허기의 입을 벌리고,
강물에 뛰어든 누를
덥석, 한 입에 물고 회전하는 악어들
툭툭 뼈마디가 끊어지고 강물이 벌겋다

동료의 죽음으로 잠시 길이 트인다
저마다 도망치기 바쁜
저 초식 동물들의 무저항.

그들은 오직
풀만 뜯는 순한 입을 가지고 태어났다.

몇 알의 먹이를 쪼는 노점상인,
자릿세 뜯기고 단속반에 쫓겨
골목 안으로 그 밥상을 들고 뛴다.

단지 먹고 살기 위한 몸짓,
생살 찢겨도 강을 건너야 하는 삶이
햇살이 맑은 도심에도 있다.

한낮의 몽상

용산역 앞, 붉은 X표의 건물들
횅하니 허물어낸 빈터
오래도록 골목을 기어 다니던 햇살이
파란 하늘을 끌고 내려와 변신의 꿈을 꾸고 있다.

무거운 어둠에 짓눌렸던 흙
포클레인이 물어뜯으며 굉음을 뿜어대는데
아직도 떠나지 못한 바람이 배회하고 있다.

남산의 산자락 뿌리가 이곳까지 뻗어내려
키 작은 나무들과 들꽃과 산새들
왁자지껄 일가를 이루어
흰 구름이 한가로이 머물다 가는
본래의 흙으로 돌아갈 수 없을까.

수직과 수평의 일조권 다툼으로
둘 사이의 눈빛이 심상치 않은데
불철주야 지켜볼 낮달, 해법을 몰라 애닳은 한낮,
수평이 깨지는 소리 사방으로 흩어진다.

삭막한 서울 하늘 밑
어슬렁거리는 연휴가 쉼표 느낌표 의자에 앉아
갈증을 적셔줄 그곳이 여기였으면,

나의 꿈, 돌아눕기도 전에
포클레인이 아가리를 쩍 벌리고 달려든다.

명당자리

"1등 당첨 3번인 이곳은 명당"
로또복권 가판대 깃발이
이번에는 당신 차례라며 손짓을 한다.

간밤의 돼지꿈을 품고
카드청구서를 들여다보며
복을 사려고 차례로 늘어선 사람들
한 가닥 요행이
굳게 다문 지갑 속 비상금마저 꺼내간다.

추첨 일을 기다리는 동안
누구나 한 판 뒤집기를 꿈꾼다
기어이 돈벼락 맞아보겠다고
주머니 깊숙이 넣어둔 행운을 다독인다.

하지만, 행운번호는 또르르
다른 이에게 굴러 간다
순식간에 날아간 행운은
820만분의 1이라는 확률.

빈 지갑으로 며칠을 버틴 사람들
명당 앞에서 또 발을 멈춘다
몇 푼으로
넘치는 복을 사려고 긴 줄을 선다.

콩의 변신

순백으로 가는 고비고비 건너서
어머니가 볶아주시던
유년의 고소한 맛은 어디에 숨었을까.

식탁의 두부 속엔
산비탈 햇살과 바람, 우레도
어머니의 땀방울 방울방울
동그랗게 익혀내었는데

칼금이 스쳐간 네 모서리마다
따스한 온기 모락모락 피어올라
입맛을 돋우기까지
딱딱한 그 모습 버리고
갈리고 으깨지며 연하게 환생했네.

뼈 한 조각 없이
오직 콩의 실핏줄로 직립한 저 새숨결

간수 한 번 먹어본 적 없는 내가
겨우 눈 인사만으로 한 조각 집어 올리는데
어림없다는 듯 젓가락을 빠져나간다.

순순히 길을 내어주지 않는 채
뒤를 돌아보라는 듯.

집시의 일과

무료급식소로 몰려드는 도시의 그늘들,

식판엔 고봉밥, 김치와 나물
식탁도 없이 쪼그리고 앉아서, 더러는 서서
허겁지겁 허기를 몰아낸다.

또 하루를 소비하는 노숙자들,
무료급식소 시간표 따라 자리를 이동한다.
어디서나 마주치는 낯익은 눈빛들,
하지만 통성명은 금물이다.

한낮, 그늘이 서늘한 가로수 밑에서
공허를 깡술로 채우며
애먼 낮달에 주먹질도 해댄다.

대낮에도 몰려드는 잠에 취해
꾸벅꾸벅 병든 닭처럼 졸기도 한다.

해가 지면 어둠을 끌고 찾아든 지하도
그곳에도 계급이 있다.
자리싸움에 밀려 쭈그린 잠은
등이 시리고 발이 저리다.

오늘 같은 내일이 다가오고
외로움이 깊어 금세 허기가 지는
도시의 음지들.

또 많은 날을 길 위에 버려야 하겠지…

팽이

평생 제자리만 빙빙 돌았다.

누군가 후려치는 채찍에
몰려드는 어지럼증,
하지만
중심을 잡아야 살 수 있었다.

외발이
다 닳도록 돌아야 하는 운명,

채찍자국도
쉽게 아물지 않는 상처도
동그라미 그리며 속살로
차곡차곡 다 새겨 넣었다.

맞아야만 피울 수 있는
어지럽게 돌며 피는 무지개꽃

진달래 애가

능선마다 숨겨둔 불씨
제 한 몸 다 태워 가슴 가슴에 화인을 찍고
한라에서 영변까지 즈려 밟고 갈
이 핏빛 길, 누가 맨 처음 냈을까.

수십 겹으로 짓눌려
꽁꽁 얼어붙은 줄만 알았는데
해마다 가슴에 불지른 그 방화범은
어찌 보이지 않을까.

사월이 늘 찬란한 슬픔인 것은
한 줌 햇볕과 바람으로 빚은
진달래酒에 취한 몽롱한 애증 때문

속울음 목놓아 울면서도
고이 보내는 사랑
다시는 돌아오지 않는 그 봄을
붉은 눈물로 피는 게지.

약산의 진달래 산비탈
저만치 혼자 피고 질 뿐인데,
서툰 시인들
소월을 필사하듯 화상火傷을 부풀리고 있네.

봄비 1

간밤에
첫 출시된 봄비가 다녀갔다.

미리 귀띔이라도 했으면
창가에 마중 나가
유리창에 추적추적 쓴 사연들
밤새 다 읽었을 걸,

목을 축인 가지마다 더운 피가 돈다
얼어붙은 눈꽃자국 지워내고
꽃눈을 매달았다.

연둣빛 빗소리에
봄은 한걸음에 달려오는데,

내 가슴에 심어둔 모란은
우수경칩이 지나도 잔설에 덮여있다.

꽃 없는 봄날
바람소리에 두 귀만 젖는다.

골목 풍경

깊은 골목 안
다가구주택의 반지하방
바람도 햇볕도 그냥 지나친다.

사철 어둡고 눅눅해
벽에 핀 얼룩꽃
어둠속으로 뿌리가 번져간다.

바깥세상이 보이는 유일한 쪽문
오가는 발소리가 뛰어들고
가끔 고등어 굽는 냄새가
길 밖으로 흘러간다.

물컵에서 잠자던 양파가 시들시들

늪지에 사는 여인들은
아기만은 이곳에서 낳을 수 없다고
위층으로 올라갈 꿈을 꾼다.

하얀 귀저기가 펄럭이는 집
마음 속 응어리와 우울증도
옥상 빨랫줄에 주렁주렁 널고 싶다.

음습한 우기, 빗소리는 문턱을 넘고
하수구가 넘치는 역류의 시간이 다가온다.
큰 비가 올 거라는 예보에
가슴이 쿵, 내려앉는다.

제2부

선에 대한 생각

간이역 4

간이역은
스쳐가는 게 아니라

홀로
그 자리에 남아

떠나간 발자국을
오래오래 바라보는 산 모퉁이.

하얀 탱자꽃 같은
짙은 향기에 취하여

흑백필름처럼 흘러간
시간의 근처를
오래도록 서성이는 나루.

선線에 대한 생각

화살은
등의 힘으로 날아간다.
등허리 굽을수록 멀리 난다.

하지만 활은 원래 직선이었다.

직선이었던 어머니,
하루에도 수십 번씩
세상의 과녁을 향해 활시위를 당기더니
어느 새 곡선으로 휘어졌다.

화살집에 들어찬 자식들
엉뚱한 길로 벗어나 멀리 날아가지 않도록
늘 자식 쪽으로 기울어지던 어머니

때로는 과녁을 벗어난 화살을 찾으러
먼 길까지 헤매고 다녔다

잃어버린 직선
굽을수록, 웃음도 울음도 메마른 어머니
어느 날, 멀리
보이지 않는 곳으로 날아가버렸다.

풍란

바람이나 오르내리는 섬 절벽 끝
맨발로 바위틈 비집고 서있다.

어디에도 발 붙일 곳 없어
하얀 뿌리 바람에 다 내놓았다
모진 폭풍우에도
기어이 작고 하얀 꽃을 매달고
향기를 흩뿌린다

하찮은 풀꽃 하나도
저 향기 하늘에 이르기 위해서
어떤 절벽도 오른다
저 절벽을 오른 자만이
이 꽃을 피울 수 있다

벼랑 아래로 떨어진 나는
그때 발붙일 곳이 없었다
바윗등 울림에 떨어져온 잔돌만 싸인
베란다 질그릇 화분에 하릴없이
맨발을 묻었다

그래도 높은 곳 오르고픈 소망 하나
간밤에 향기 그윽한 흰 꽃 피워내
학처럼 날아갈 듯 날개를 펴고
새벽 창을 적신다

저 꽃에서도 절벽을 오르내리던
바람 내음이 난다.

하루살이

하루를 위해 무려 스물다섯 번
허물을 벗는 고통을 참는다.

하루처럼 짧은 일생,
하루 벌어 입에 풀칠하는
그 하루, 뒤엎어버릴 수도 없는 노점상
그녀는 몇 번이나 허물을 벗어야
날개가 돋을까?

종일 애벌레처럼 꿈틀거리다
수직으로 굳어가는 통증을 데리고
하루치 남은 밀가루반죽과 팥앙금
어둠이 질퍽한 골목으로 끌고 간다.

늦은 밤,
가로등 불빛 찾아 들어 그 불에
일생을 마감하는 하루살이들
저 가로등은 조등인가.

날마다 피고 지는 저 가로등 밑,
곤고한 삶과 죽음이 널려 있다.

겨울 은행나무

밤사이, 매서운 비바람에
황금빛 지붕이 다 뜯겨 날아갔다.

벤치의 노숙자들
한 푼 없어도 무담보 무이자로
서늘한 그늘 한마당 대출해주어서
낮술도 잠자리도 기댈 수 있었는데

한차례 들이닥친 금융위기에
이제 그들마저 버리고 간 저 낡은 지폐들
환경미화원이 부대에 쓸어 담는다.

한 줄의 나이테 마무리할 적마다
제 살점 다 떼어준 빈자리
아무것도 매달 게 없어 빈손이다.

눈보라에 엉겨 붙은 얼음꽃 자리
봄이 오면 그 자리에도
파릇한 핏기가 돌 것이다.

지나는 바람과 햇살을 붙잡고
이제나 저제나
구제금융 기다리는 저 은행나무들.

허기

어디선가 굴러온 여름 낙엽 한 장
제 철을 놓치고 일찍 져버린 사내가
앞길을 가로막는다.

아파트 입구
칠만 원이 든 돈 봉투를 내보이며
칠 개월 무료에 딱 일 년만 봐달라고 손을 내민다.

어제도 오늘도
그 전날의 거절은 까마득히 잊었는지
찰거머리마냥 찰싹 달라붙는다.

한때는 나도
일주일 동안 외판원 교육을 마치고

인명록 수첩을 뒤적이다
아내에게 들켜 신발을 빼앗긴 적이 있다.

아직 유통기간이 남은 육신의 시장기
바람으로 채울 수 없어 애걸하는 저 사내
아무나 붙잡고 허기를 채워야 한다.

하지만 모두 알고 있다
뒹구는 낙엽은 아귀처럼
먹어도 먹어도 배가 고프니까
일년이 이년이 되고 또 삼년이 된다는 것을.

제주 해녀

그녀들은 물속에서 숨을 쉬었다.
뭍인 양 물속을 오가며 망사리 짊어지고 살았다.

하루도 빠짐없이 찾아온 매끼니
밥상 하나 차리려고
물안경, 스노클* 오리발에 목숨을 맡기고
무거운 납덩이 허리춤에 찬 뒤
파도 밑에서 밥을 구하는 노역이었다.

가슴을 꽉 죄어오는 수압
들숨날숨 신음으로 토해내
방울방울 해면으로 신호를 보내며

해삼, 멍게, 전복… 채취하는 사이

짠물에 뼈마디 삭은 고령의 여인들
뭍의 걸음걸이보다 더 익숙한 물길질로
억척스레 가계를 꾸려왔다.

화산섬 궁핍의 역사는 그녀들이 이어받았다
아침 눈뜨자마자 사초지史草紙 바다를 바라본다.
오늘도 두려움 무릅쓰고 저린 팔다리 달래며
밥상 하나 차리러 나간다.

파랑이 이는 저 바다 위엔
태왁**이 출렁출렁 파도를 견디고 있다.

---

 * 숨대롱.
** 해녀들이 자맥질한다는 표시로 해면에 띄운 부표.

배추를 묶다

가을배추들
땅 기운 받아 연둣빛 이파리 너울거린다.

바람 따라 햇살 따라 사방으로
퍼들퍼들 뻗어나간 저 푸른 잎들의 사춘기,
열여덟 소녀 치마폭처럼 펄럭거린다.

뛰쳐나가려는 겉잎 보듬어
포기마다 둥글게 묶는다.
푸른 앞섶을 닫고 점점 둥글어질 배추들
한 겹 두 겹 속살을 채울 것이다.

달빛에 묻어오는 휘파람 소리에
눈치 살피며 안절부절 못하는 딸애

어머니가 보듬어 알차게 여물었다.
모두 탐내는 규수감이 되었다.

밭둑에 홀로 서서 있는 나
무엇에 안겨 묶여볼까
찬바람 부는 계절이 오는데…

처서處暑

모기 입이 삐뚤어진다는 날.
머잖아 계절의 시계바늘들 무수히 떨어지고
풀벌레 울음소린 모두 시가 되고
부치지 못한 편지는 허공에 붉게 매달려
까치 오기를 기다릴 것이다.

잎잎 푸르던 피 속엔
화기火氣가 잔뜩 배어 들어도
짙어가는 찬기에 덜덜 떨며 떨며
여기저기 나뒹굴고
가볍게 날아갈 채비를 한다.

상한 영혼아.
실컷 짓밟히며 고통을 지나거라.

뿌리는 대지를 움켜잡고 동면에 들어
새로 끼워 넣을 씨눈을 감춰둔단다.

길 위에 뒹구는 계절을 보고
시간의 나침반을 찾는 철새,
가야할 방향을 아는 철새들은
처서가 와도
입이 삐뚤어지지 않는다.

어린 민들레

입춘이 지나자
서둘러 언 땅심을 추스른 민들레
봄맞이 등불을 환히 켰다.

봄볕 한줌에 마른 목을 축이고
벌 나비 기다리는데,
중년의 아낙네가 예리한 칼날로
잔뿌리까지 통째로 캐내어
검은 비닐봉지에 넣는다.

위장병 기관지염 이뇨작용…
항암 효과까지 탁월하다는 소문에
제 꿈 피어보지도 못한 채
그 질긴 목숨
일찍 숨을 거두었다.

아직 다 자라지도 않은
앉은뱅이 노란 웃음꽃,

누군가를 위해
한 사발의 약이 될 어린 민들레.

병든 몸 속속 뒤져 다시 피어날
몸속의 민들레여.

종명終命

황소라는 이름으로
배내옷 가죽 옷 한 벌 걸치고 태어나
제 명命 다 채우지도 못하고
죽어서 고기가 되고 북이 되고

노역이 아닌 식용의 시대만 남아
주식은 들풀이 아닌 인공사료와 볏짚
고됐던 달밤엔 콩깍지 쇠죽을 먹던 특식은
아주 오래된 옛이야기.

제 똥오줌 질퍽한 곳에서 되새김질하며
씨 내림의 정사는 수의사 수음행위에 빼앗긴 채
더운 입김의 사랑 한번 나누지 못하고
쟁기질 가던 길마저 지워지고
들녘 한 번 밟아보지 못했네.

저물도록 논밭갈이 할 천직,
농로를 잃은 들소들, 들녘이 아닌
도심의 가로수 밑에 출하돼
붉은 노을과 함께 묶여져 있네.

목이 쉬도록 움머움머 울다가
오일장에서 도살장행 트럭에 실려가네.

쓴맛

젖꼭지 놓지 않으려 칭얼대는, 나와
탯줄에 매달려 꿈틀대는 동생 사이에서
어머니는, 젖꼭지에 금계랍을 바르시고
어린 손에 숟가락을 쥐어주셨다.

초등학교시절,
매 여름마다 학질로 오들오들 떨던 나를
아버지는 오리 길을 업고 집으로 오신 후
키니네를 먹이고 오한을 함께 앓으셨다.

세상에서 제일 쓴맛은
금계랍인 줄만 알았는데,

치사에 이르는 복어와 버섯이

여기저기 있음을 뒤늦게 알았다
빛도 곱고 먹음직스런 그 유혹의 고운 빛깔
순식간에 급류에 쓸려가는 독약이
둥둥 떠다니고 있었다.

태양과 그림자 사이에서
때로는 내 쓸개 떼어주고 마신
소주의 쓴맛을 넘어 여기까지 왔다.

쓴맛이 세상을 건너게 해주었다.
하지만 그 어떤 언설言說로도 풀 수 없는
이별의 이 쓴맛은,
왜 아무도 가르쳐 주지 않았을까.

苦行하는 裸像

강화도 전등사
장엄한 대웅보전 지붕 밑
네 공포貢包의 자리에 벌거벗은 여인*이
쪼그리고 앉아 지붕을 떠받치고 있다.

끝이 보이지 않는 저 수형受刑…
날마다 수많은 눈총들, 돗바늘로 꽂힌다.

노스님의 예불소리와
백팔 대참회문을 삼킨 풍경의 울음소리에
속세의 벌거벗었던 감주의 기억들
씻어내며 참회록을 쓰는 중이겠지

모진 풍상을 겪은 소나무들이

톱날과 도끼와 대패에 다듬어져
성스런 불전이 된 수목들처럼
저 수형樹形으로 다시 태어나기 위해
노스님보다 높이 앉아, 달콤했던 욕정을
드높은 하늘 우러러 햇볕에 말리고 있다.

저 여인,
무릎 펼 기약도 없는
오늘을 무겁게 받들고 있다.

---

* 대웅보전 중수 때, 도편수의 애인인 酒母가 장래를 약속한 사랑
  도 돈도 다 챙겨 도망간 배신에 그 죄값으로 그녀를 조각해 넣었
  다는 전설이 전해옴.

입춘

멧새들 눈물로 빚은 상고대
나목裸木의 고행을 풀어준 햇살에
겨우내 가슴을 꼭꼭 싸매 감추었던
진달래 젖꽃판이 방긋이 부푼다.

봄볕이 온 산허리 흔들고
비탈길 열 여섯 봄 처녀들 서둘러
연분홍 저고리 벗는 소리
사찰의 문풍지도 흔들었던가

예불 드리던 새벽,
노스님도
고개를 돌리며 미소를 짓다가
멋쩍은 듯 헛기침을 한다.

숱한 맹세와 다짐에도
생뚱맞게 몸도 마음도 붉어지는
이것은 가사袈裟에 향하는 설익은 저항,
한 순간, 봄바람의 현기증인가.

서편 근처

마른 가지에 매달린 홍시 한 알
붉게 물든 서산마루에서
절애의 벼랑을 내려다본다.

받아들여야 할 마지막 고통을 건넌 고적
추락이 기다리고 있다.

얼얼하기만 했던 먼 길 건너와
지친 허리에 걸친 옷은
지는 감꽃 맴돌던 나비처럼 허전하다.

서산에 뿌리 내리기 이리도 아린가.
이별의 길, 낯을 지우는 시간
바람의 초침마저 스러져 농익은 저 사리
붙들었던 햇살마저 산산이 흩어졌다.

영롱한 개밥바라기 숙성시킨 서쪽.
빼앗긴 잠을 노을에 태워
몇 억 광년의 거리를 단숨에 건너려고
달콤한 잠에 깊게 빠져드는지,
눈자위가 시나브로 고요하다.

도시의 옆집들

고충아파트 엘리베이터
날마다 함께 타고 내려도
돌 같은 가슴들
늘 따로따로 차갑다.

같은 층의 앞집, 옆집
한 번도 싸운 적 없었는데
말을 삼킨 입술, 초롱초롱한 눈,
너 또한 나를 본적 없는 듯 외면한다.

1호나 2호, 아니면 3호이거나 4호
다들 제 각각 문패로 마주보며
눈인사도 없는 이웃이 아닌 알량한 자존심들
곁눈질 한번도 한적 없는데,
밤낮으로 문단속이다.

대문 열 때 손등으로 가리고
비밀번호는 검지로 익숙하게 읽는다.

구름이 햇살을 가려도
일조권 다툼이 없고
층간 소음이 없어 삿대질도 없었는데,

허공에서 잠든 때문일까,
엘리베이터에서 마주친 장승같은 표정들
꿈에서 본 낯선 이방인처럼
오늘도 함께, 따로따로 어제같이
내일로 뛰어간다.

나무에 걸린 울음

새들의 본적은 숲속,
주소는 나뭇가지 한 켠이 보금자리다
떨어지면 천리 길 낭떠러지
그래서 가벼운 날개를 가졌다.

이른 아침 바람의 무게를 재고
허공의 길을 찾아 먹이를 찾아나선 새들
해가 지면 돌아와 지친 죽지끼리
얼굴을 묻고 잠이 들곤 했지.

매서운 바람은 발송지가 적혀 있지 않아
수신을 거부할 수 없어 하릴없이
온몸으로 삼켜야만 했었다.

흔들리는 둥지, 울음이 쏟아진다.

아침에는 배가 고프고
저녁에는 짝이 그리워 서럽게 운다.

오래도록 등을 기댔던 보금자리에
비바람 들치고
울음마저 말라붙은 부리,
하늘과 땅 사이 나무에 걸어두고
머나먼 하늘로 날아가고 싶은데

구름의 능선을 넘을
나의 날개는 어디에 있을까.

매미 1

땡볕 한여름,
숲이 찢어지는 듯 소소騷騷하다.

나무마다
제 한 몸쯤
부들부들 떨며 울음을 매달았다.

짝을 부르는 소리, 허공으로 흩어져
닿지 못하는 음표들,

나는, 너를
뼛속까지 사무치도록 부르다
부르다가 목이 멘다.

울음주머니 하나로

머나먼 하늘에 온전히 젖으려
이 한 생을 떨고 있다.

봄 가슴앓이

해마다 봄이 오면 미칠 듯
4층 유리창을 꽉 채우던 목련화
유년 봄날의 형상으로
너와 겹쳐 애련했는데,

3층에 이사 온 사람,
일조권 침해라며 관리사무실 달달 들볶았다.
영문도 모르는 나무는
초봄 어느 날 2층 높이로 목이 잘린 채
평생의 영토를 허공에게 비워주고
곁가지만으로 봄을 맞는다.

층간 사람, 아마 유년에
한 목련화를 사랑했던 연적이 아니었을까?

결단코, 나무는
저들의 안을 들여다 본적이 없는데
홀로 마음이 뜨거웠을 뿐이었는데
죄 없이 생의 질량을 빼앗기고 말다니
화사한 이 봄날에 무슨 날벼락인가

잘려진 가지 몇 개 데려와
화병에 꽂고 4층 창가에 앉혔다.
내 눈빛과 햇살을 당겨 살에 섞더니
그 겹친 아픔을 꽃봉오리로 삼켰나.

좁은 유리창이 환하다.

낮달 2

복도 끝까지 가기도 전, 순식간에
매캐한 연기에 앞이 보이지 않는
비상구를 찾아 헤매었지만
어디에도 출구는 없었다.

태양이 두려운 자가 되어,
우두커니, 늙은 은행나무 밑에서
또 하루라는 누더기 위에 서 있다
무언극 가설무대, 엑스트라로 떠도는 도시에
나는 생의 주연이 아니었지만
쪼는 눈도 더는 상처가 되지 못했다.

몇몇이 웅크리고 앉아
낮술로 매캐한 연기 씻어내는데

허공이 담긴 검정 비닐봉지 하나, 또
바람에 날리다 소주병에 걸려 멈춘다.

밥줄을 타고 한낮을 관통한
소주병 뚜껑들 길거리에 버려둔 채
반쯤 남은 술병을 들고
어제의 지하도 한 켠에
멀쩡한 햇살 구겨 지친 몸을 내려놓는다.
노숙의 탈출구는 어디에 있을까?

가방의 용도

초미니스커트 입은 아가씨들
어깻죽지에 멘 방석만한 큰 가방.
층계나 에스컬레이터 오를 땐 뒷가리개로
의자에 앉을 땐 앞가리개로
눈빛이 스며들지 못하도록 쓰인다.

신촌역으로 가는 전철 안
앞자리에 앉은 여학생들 파우치 꺼내놓고
거울을 보며 얼굴을 고치고 있다.
속눈썹을 치켜 올리고
아이라인을 그리고 립글로스를 바르더니
어디론가 문자메시지를 급하게 날린다.

악어처럼 입을 크게 벌린 가방,
교실이 아닌 놀이마당으로 가는 듯

잡념의 멍으로 그득히 채워지고 있었다
향긋한 파우더 냄새로 덧칠해도
꽃잎처럼 붉게 물들기엔 아직 이른데…

그 옆자리에 앉은 미니스커트
가릴 숄더백이 없어 허벅지가 다 드러났다
내 눈길 둘 곳이 마땅치 않아
애먼 곳으로 눈길을 돌린다.

서릿발 후회가 수백 번 왔다간 먼 훗날
반백의 장미로
저 자리에 다시 피었을 땐
매무새는 어떻게 진화되어 있을까?

제3부

오시는 소리

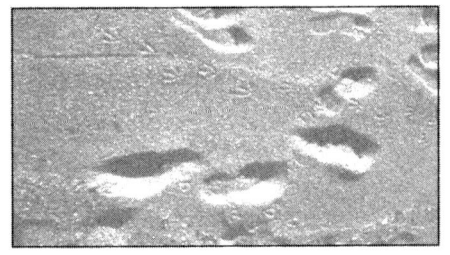

겨울 꽃

밤사이 아무도 모르게
백목련 나무에 설화가 피었다.

수액마저 말라붙고
꽃의 숨결 들리지 않았는데

눈송이 뭉쳐 피운
때 아닌 목련화

짓궂은 햇살과 바람의 입김에
순식간에 사라지는 눈부신 눈꽃,

마침표를 찍는 한낮,
낙화의 모습이 처연하다.

생육법

가난은 대물림하지 말라고
보릿고개에도 대학을 보내주신 부모님,
등록금 마련 때마다 등은 더 굽어갔지요.
그때 나는
넓은 신작로와 질펙한 논두렁 사이 헤매다가
책을 덮고
주경야독, 공장행을 결심하기도 했었습니다.

끝내는 황소와 풋벼 헐값에 팔아 마련해주신
피눈물의 등록금,
고갯마루까지 따라 나온 어머니,
고쟁이 속주머니 구겨진 지폐 몇 장
손에 꼬옥 쥐어주시며 배곯지 말라 하셨지요.
끼니마다 쌀 한 줌 덜어 모은 좀도리쌀
그 쌀을 팔아 모은, 아버지도 모르던 돈,

허기진 생, 겹겹히 졸라매고
서울 하늘 바라보며 맹물로 쓰린 속을 채우셨지요.

하숙비 무서워, 하루 두 끼
동대문 숭인동 뒷골목 식당에서
10시경 아침과 점심 겸 먹는 시래기국밥
저녁도 역시 시래기국밥.

좀도리쌀, 나의 어머니,
저승에 가서는 배나 곯지 않으시는지
밥을 먹을 때마다 와락, 목이 메입니다.

해남 목가 牧歌

— 자화상

땅 끝 마을 해남
정축년 늦가을에 첫아이 낳은 어머니
가난한 농가, 할머니의 만류도 뿌리치고
사흘 만에 풀뿌리 캐러 사립문 나서셨다.

등짝에 착 달라붙은 허기로
산과 들에 출렁이는 바람 햇볕 쫓아
오르내릴 때 또 다른 허기가 가슴을 찔렀다.

논갈이 멈추고 송아지에 젖 물리는
어미 소의 뜨거운 입김에
당신은 젖줄이 아파도 들녘을 기름지게 했다.

도시의 길목마다
초식의 농우가 갈기엔 너무나 단단하였다.

풀뿌리 캐던 근성으로 저 보도블록 틈새
한 폭의 민들레는 피었는데,

워낭소리 흩뿌리며 수렁논 갈던 억척으로
牧人이고 싶은 아쉬움 아직 남았는데,

어느덧 땅끝 가까이 왔는가.
천지사바 붉은 노을만 질퍽하다.
해는 지는데 한 뙈기의 땅도 일구지 못하고…

카네이션 편지

어머니, 당신 홀로 그 먼 나라로 가셨습니까?
그때 우리가 함께할 시간은
좁은 땅덩이 일구셨던 당신의 그 된바람을
향불에 사를 사흘뿐이라 하였습니다.

향불에 데워 올린 마지막 잔을 드신 뒤,
동구밖 산길 따라 당신은
양지바른 산등성이로 가셨지만
우리는 당신을 가슴에 묻었습니다.

오늘은 세상의 어머니들 가슴에
붉은 꽃이 피는 날,
오십여 년 타향살이 세파에 자맥질하느라
꽃 한 송이 드리지 못했고
사라진 당신의 지문도 알지 못했습니다.

이제 홀로 되어
당신의 손자 손녀들이 가슴에
달아준 카네이션에 문득 당신이 그립습니다.
그날 흰 국화꽃더미에 쌓여 가신 뒤
지금 너무 멀리 계신 당신,
뒤늦은 붉은 편지를 올립니다.

생전에 드리지 못한 눈물로
이 마음을 적습니다.
어머니, 세상의 된바람 다 지우시고
이제 평안히 잠드소서.

한낮의 상상

바람의 축지법으로
뭉게구름 꽃구름 하늘바다에 앉으니
순간 고소공포증도 온갖 번뇌도 사라지고
선경이 여긴가 화려하고 눈부셔라.

수수만만 저 양떼들과 목화송이
누가 여기에 방목했을까
티끌 한 점 없는 구름들, 햇살마저 저기 안겨있다.

이런 날, 어머니는 밭둑에 어린 나를 내려놓고
목화밭 기웃대던
빗방울, 천둥소리 다 마른 흰 구름을
치마폭에 넘치도록 퍼 담으셨다.

마루 끝에 웅크리고 앉았던 어머니
사뿐이 솜털의 몸짓으로 나를 품어주신다.

하늘 목화밭 치마폭에 담은 어머니,
지금 이대로 당신 곁이라면
아무런 슬픔도 없는 이곳에서
갈구하는 영혼 엇갈리지 않으리.

영영 盈盈

내게는
마르지 않는 샘이 있다.

아픔이 출렁출렁 깊어진 샘,
퍼내도 퍼내도 바닥이 보이지 않는다
풀잎의 이슬보다 맑은 물이 고인 호수,
허공을 헤엄쳐 온 달님이
잠들다 가곤 한다.

두레박 끈을 매단
달님이나 가늠할 수 있으려나
영혼을 적신 하현달을 끌어 안고
단잠 못 이루는 동안
당신은
어디에도 없고, 어디에나 있다.

때로는 비바람이 불어와
바람에 날아든 빨간 꽃잎이
제 파장을 타고 호수가로 밀려간다
마르지 않는 애천愛泉
내 가슴에 있다.

닿을 수 없는 저만치
내게로 노 저어 오는 쪽배 한 척
한 백 년쯤
영영 떠내려가지 않는 당신.

화롯불

연탄난로에 밀려
질긴 숨을 거둔 화롯불.

새벽을 깨우던 할머니,
아궁이 벌겋게 달아오른 잉걸불 담아
화로에 채우셨다.
불기운에 가슴이 달아오른 화로
윗목까지 온기가 퍼졌다.

문틈을 비집고 들어온 시린 바람
주름진 손등으로 다독여
잿속에 묻은 그 겨울 밤,
화로를 둘러싸고
구수한 이야기가 군밤처럼 익어갔다.

안방 가운데 자리 잡고
죽은 듯 묻혀있던 시든 불씨도
부젓가락으로 다독여 살아냈다.

오래 전에 떠난 할머니
불기 한 점 없는 봉분을 껴안고
깊은 잠 드셨다.
노란 민들레만 봄볕을 쬐고 있다.

유월의 찔레꽃

보리밭둑 찔레나무에
이웃집 순이의 꽃댕기 올려놓고
이름 모를 산골 전쟁터로 가던 날
어머니도 순이도 그 얼굴이
찔레꽃의 꽃술보다 더 노랬다.

백마고지에 깃발이 몇 번이나 바뀌면서
끝내 내려오지 못한 그 날의 함성
능선에 뒹구는 구멍 난 철모 곁 들꽃 한 무더기
황토에 젖은 붉은 피를 받아 먹고
흐드러지게 피어있다.

아직도 허리 잘린 산하
녹슨 저 철조망은
산새들이나 자유로이 넘나들 뿐

어머니의 가슴에 한으로 묻힌 채
능선에 꽃으로 핀 아들.

해마다 유월이 오면
보리밭둑 찔레가 궁금한지
그날의 화약내음 묻은 송홧가루
집 앞까지 날아온다.

그 꽃댕기 찔레 향기에
청보리 누렇게 익어 가는데…

묵화 한 점

봄 한나절, 무료함 달래며
시 한편 써 벽에 걸려다가
먹물이 화선지에 쏟아졌다.
대붓으로 훑었더니 묵죽墨竹이 섰다.

엉겁결에 남은 반쪽을 덮었다 펼치니
똑같은 또 하나의 대나무,
대숲이다.
햇살이 사이사이 파고들어
밑동의 그늘이 흔들린다.

기이한 먹물의 번짐으로 태어난 묵죽화
새들의 질척한 울음소리와
평생을 직립으로 산 대나무의 운명,

잔바람에도 흐느끼는 잎새의 아픔이
마디마다 나날이 농익어간다.

미술을 배운 적 없이, 어이타
늦둥이로 어설픈 시인이 된 내가
그린 대나무 숲,
적요한 봄날의 이 실수를
벽에다 걸까 말까 망설인다.

겨울나기 3

겨울비가 다 비우라고 다그친다.
통보는 미리 하였단다. 가을 햇살에 넣어서
핏기 마른 이파리들 더는 버틸 수 없어
예고된 아픈 이별을 결행한다.

철새가 날아오는 하늘가
혹한이 서서히 두께를 부풀리고
홑겹의 허수아비는 하릴없이 무저항이다
거리에 행인도 움츠린 몸짓으로
낙엽처럼 몰려가고

시장통마다
겨울을 팔고 사는 종종걸음들
강추위를 물리칠
방한용품들이 즐비하다

나목들, 가녀린 뿌리로
땅속의 온기 붙들고 동면에 드는데
하늘과 땅으로 갈라져, 아리도록 눈짓하는
저 별에게 거리를 좁히고 있는, 나는

이 혹한의 계곡을 건너간다
저 나목들과 함께 서서…

내 몸에 사는 쥐

찌든 몸 용케 알아본 뒤
허락 없이 들어온 쥐,
새벽마다 곤한 잠을 갉아먹고 있다.

뾰족한 이빨에 물어뜯긴 종아리
통증이 온몸으로 번져간다.
이리도 부족한 잠에 웬 심술인가
마비된 잠, 한참 동안 풀리지 않는다.

달리 묘약이 없다.
손끝과 발톱 위에 침을 바르며
내 몸에서 떠나라고 통사정한다.

허기를 채운 쥐, 애원과 통정한 뒤
시나브로 절름거리며 일어서도록 풀어준다.

쥐 오줌으로 얼룩진 시골집 천장 같은
얼룩무늬의 하루 하루

언제부터인가
쥐의 입맛에 맞춰진 나의 살맛, 그것은
무너져가는 체질과 피의 선로가 녹슨 때문이지.

어디쯤에서 나를 놓아줄 것인가?

껍질論

톱날에 제 속살을 드러낸 나무들
드센 바람과 햇볕을
촘촘히 나이테로 새겼다. 그 배경엔
속살을 단단히 감싸준 수피가 있었다.

폭풍우가 껴안으려 날뛰어도
그 깊이와 중심을 간파한 수피樹皮가
제 그늘 넓이만큼 땅속 깊숙이
뿌리의 길을 내어두었었다.

가을볕에 잘 여문 호두열매도
갑옷처럼 단단한 껍질이 있었다.
껍질 없이, 그 어떤 열매가 떫은맛을 익혀낼 수 있을까.
나무들은 수피를 껴입고
어떤 공격도 기꺼이 견디었다.

종일 밭이랑에 엎드린 억척 어머니,
나의 듬직한 껍질이었다.
그 껍질의 힘으로 나는 독하고 매운 세상도
무사히 건널 수 있었다.

외톨이

숲속에서
우레에 떠내려 온 돌멩이 하나,
되돌아갈 길을 잃었다.

땡볕에 뜨겁게 달아올라
까맣게 타들어가는 이 마음 뉘 알까.

고우苦雨에 또다시 휩쓸려
산자락 외진 강가로 밀려가
조약돌에 몸 비비며
얼굴 묻고 잠들려 해도
산새소리 솔바람소리…
강변에 뒹굴어도 숲속의 기억뿐.

늘 산 쪽으로 돌아 앉아
바람결에 묻어오는 솔밭 향으로
가슴을 문지르는 산돌.

산더미 같은 해일이
달려올 것만 같아, 돌아가야 할 곳을
자나깨나 하염없이 바라본다.

반지

네 자매 중
아내만 없었던 다이아몬드 반지
느지막이 미국 서부 여행을 할 적에
LA 처제가 언니 손가락에 끼워 주었다.
나는 애써 창밖을 내다보고

늘 가난의 그늘에서
고개 숙이고 가는 남편에게
원망한 적도 부러워한 적도 없었지만
아내는 두 며느리 손에 끼워줄 반지만은
미리 장롱 깊숙이 넣어놓고 떠나갔다.

유품을 정리하며
내 가슴을 찔렀던 아내의 그 반지,

손가락에 자국이 나도록 끼어 보지도 않고
애지중지 감싸두었던 혈육의 징표,

누구에게 물려줄까 망설이다가
한쪽 날갯죽지를 잃은 것만 같을
딸아이 허전한 마음을 읽고
반지의 뜻을 찾아 냈다.

미국 유학생에게 시집 보내며
가난을, 유학을, 핑계로 못해준 혼수,
늘 딸에게 빚진 죄인마냥 살았던 아내
곱게 키워 놓고도 혼수에 가슴을 옥죄던 체증
이제라도 내려놓으려는 듯
그 반지에 애환의 눈빛이 가득하다

걸레

찌들고 구멍 난 속옷들
그 시절엔 걸레가 되어
툇마루 구석에 웅크리고 있다가
아내의 손에 끌려 흙먼지 자국을 닦았지.

태생부터 천박하지 않았다는 기억은
새까맣게 잊고, 누명을 뒤집어 쓴 뒤
허드레 물에 몸 풀고
다시 툇마루에서 잠들었지.

불평 한 번 못하는 천성 탓에
더러운 때 지워준 것도 죄가 돼
양잿물 고문과 방망이에 모진 태형 당해도
그때는 서럽지도 않았지.

하늘을 파랗게 닦아낸 구름 쪽 같이
더 청결해짐을 위한 진화를 하다가

보이지 않는 허물까지 지우는
긴 막대걸레 스팀청소걸레 다용도 초극세사청소포
햇볕으로 허기를 달래는 건조대에 걸쳐
일광욕을 즐기는 여유까지 얻었지.

초라한 둥지의 기둥이었던, 나는
이 눈부신 진화를 지켜보면서도
아둔하게 툇마루에 웅크리고만 있었지.

아직도 헌옷을 입은 채
나를 찬물에 헹구고
아내의 뜨거웠던 가슴에 젖었지.

오시는 소리

어머니가 오랫동안 몸져 누웠을 때
몇 달 동안 병수발을 했다
뒤늦게 자식의 길을 걷는데
천근만근 돌덩이가 가슴을 짓눌렀다.

아기가 되신 여든 아홉 수壽,
깡말라 눈꺼풀마저 내려앉은 나이테를 안아
몇 숟가락 미음을 떠 넣어 드리고
기저귀 수시로 바꿔드리며
때늦은 눈물의 회한을 병상에 펼쳤다.

얼마 남지 않은 시간
지는 꽃잎에 젖어,
점점 흐려지는 눈빛으로 나눈 고별
가슴에 아리도록 담았다.

온몸을 내던져 섬기시던 흙,
평생 일구던 그곳이
차마 마지막 쉼터일줄…
저 가쁜 숨소리 한 뜸 한 뜸 말씀으로 엮어
안온함을 위해 눈물로 드리는 기도.

가슴의 문을 열고
먼 곳에서 오시는 어머니 발소리를 듣는다.

시골 뻐꾸기

고향집을 지키는 앞 못 보는 동생
눈이 밝은 형과 동생은 도시로 빠져 나가고
벽에 사는 뻐꾸기 한 마리 데리고
뻐꾹뻐꾹 날이 밝는다
그 울음 따라
해와 달, 걸음걸이 가름하며 살아간다.

수십 년간 귀가 닳은 동행,
얼마나 푸른 숲으로 날아가고 싶을까
붙박인 뻐꾸기 울음소리엔
먼저 간 어머니 울음이 담겨있다.

매시간 정겹게 들려주는,
벽에서 흘러내리는 울음소리에
더듬더듬 밥상을 차린다.

오랜만에 들린 도우미
며칠 동안 벙어리가 된 새에게 모이를 먹인다
방전된 울음이 다시 파릇하게 살아나고
끊겼던 길이 세상으로 이어진다.

새 울음도 말라버린 도시에서
가끔 접어둔 안부를 고향집으로 보낸다
전화선을 타고 건너오는 새 소리
나는 초침이 멈춰버린 시계처럼
뻐꾹뻐꾹 울지도 못한다.

무국을 먹으며

유년의 조촐한 밥상에는
밥알과 무가 반반이었다.
그래도 허기를 채워주던 무밥,
가끔 도토리 밥 고구마 밥도 상에 올랐다.

그 겨울은 유난히 춥고 길었다.
봄이 더디 오고
공복은 쉽게 찾아와 하릴없이
냉수를 바가지로 들이켜고
애먼 허리띠만 졸라매었다.

한참 클 적엔 잘 먹여야 하는 건데
무밥이라도 고봉으로 담을 수 없던 어머니,
당신의 밥그릇은 늘 부뚜막에 있었다.

공복을 다스리던 그 비법,
한겨울에도 식은 땀 흘리며
질퍽한 죽 같던 밥을 잘도 지으셨다.

한동안 무밥 대물림이 이어졌지만
무청처럼 시퍼런 자식들은
한 아름 실팍한 무가 되어갔다.

마지막 인사

각별했던 지인의 뜬금없는 부음에
전철타고 강남 성모병원 찾아가는 날.

지하에서 지하로 통하는 환승역
역무원은 없고 앙다문 화살표들만이
좌우로, 직선으로 더러는 구부러진 채
바닥에도 벽에도 돌기둥에도
길잡이로 앞장선다.

화살표를 통로 삼아 찾아가면
거기엔 만남과 이별이 기다리고 있다.
세상으로 통하는 불빛의 계단 끝
과녁이 가까워진다.

종합병원 영안실
그곳에도 검은 화살표가 있다.

세상 밖으로 가는 행선지에
먼저 도착한 국화꽃의 묵례를 받으며
날갯죽지 떨어진 검은 나비와 만난다.

양초 위에서 가물거리는 혼불,
아직도 못 나눈 석별을 불러 모아
어둠을 사르고 있는가,
국화 한 송이 놓고 돌아서는데
등 뒤가 촉촉이 젖어 있다.

쭉정이

세 컵의 현미를 바가지에 넣어
쌀눈이 부서지지 않도록 살살 씻는데
뜨물에 든 쭉정이 몇 알 달아나려 한다.

저것들도
농부의 피땀이라는 생각에
한사코 붙들어도
손가락 빈틈 비집고 끝내 쓸려나간다.

눈에 띄게 마른 체형,
그래, 너는 쌀이었지만 쌀이 못되었구나.

무논에서 햇볕과 바람의 풍경을
무게로 다 채워 넣지 못한 헛된 시간들

쌀 속에서도 둥둥 헛돌다가 기어이
밥솥이 아닌 하수구로 흘러가는구나.

저 쭉정이, 어쩌면
나 같은 쭉정이를 위하여
팔 남매 이고지고
등골이 빠진 어머니 아버지,
쭉정이처럼 가벼워져 끝내 떠나가셨다.

붉은 산수유

앞마당 산수유꽃 피기 전에
꼭 와, 꼭 와야 해,
응, 알았어,
고개 끄덕이며 뒷걸음질로 가던 길,

그 귀 울림 가시지도 않았는데
봄바람의 숨결은 까마득히 잊고서
부리에 두른 노란 테 지워지자마자
그리도 쉽게 어디로 떠나갔나
잠시 그늘이 드리워진다.

오지 못하는 사람과
기다리는 사람의 뒤엉킨 그리움
알알이 빨갛게 익혀내
앙상한 가지에 혼신으로 매달렸다.

겨우내 칼바람과 눈보라에 얼어터진 맨살
붉은 사리의 무게로 천지사방
두리번거리는 저 붉은 눈물방울,

가 닿는 시간과
기다림이 엇갈려, 계절도
담장 위에서 머뭇거리는가?

두통화 頭痛花

세상과의 불통으로
지끈지끈 몸에 피는 두통화,
생각이 꼬이면 그 때마다 장모님은
뇌신 한 봉지 털어 넣으시고
치마끈으로 이마를 질끈 매셨다.

날뛰던 불안과 고통이
살그머니 몸 밖으로 쫓겨나면
그때 머리끈을 푸셨지만,

해가 거듭할수록 두통은
내성이 생기고 투약의 횟수도 늘어났다.
밤은 더 길어지고 통증은 깊어졌다.

언제부터인가
아내의 화장대 서랍엔 사리돈이 있었다.
팍팍해진 삶의 어지럼증으로 두통화가 피고
머리띠를 두르고 눕던 아내,
진통제 한 알에 의지해 간신히 잠들었다.

그 작은 알약 속에 하루치의 평화가 있었다니,

어느새 내게도 뿌리를 박고
한 알의 알약으론 어림없다는 듯
몸속 깊이 터를 넓히고 있다
아직, 시화詩花를 매달고 있지만 머잖아
노을처럼 붉어 낙화하리라는…

따뜻한 괄호

부부라는 인연으로 묶인 괄호 안에
서로의 마음을 가두고
한 생을 살아왔다.
쉽게 풀 수 없는 단단한 이 맺음을
누가 허문단 말인가.

험한 세상 건널 적
빛 고운 날은 도망치듯 날아가고
둥둥 떠다니는 물음표 느낌표들, 그것이
익모초나 키니네보다 더 쓰디쓴들
서약의 반지를 묶던 마음으로
우린 함께 삼켜냈다.

동그란 호수를 만들어 놓고
한 쌍의 원앙으로 갇혀, 한 백 년쯤

동심원 그리며 두둥실 유영하려 했는데
어느 날,
그 괄호 안, 참 따뜻했노라고
말 한마디 없이 가버린 사람.

세찬 눈보라 다 들이치는데,
언약을 주고 받던 그 손가락은 아직
둥근 그 괄호 안에 남아서…

간판의 생존법

벽에 걸린 저 간판들,
눈에 잘 띄도록 분장한 후
지나는 발길 집요하게 끌어당긴다.

건물의 어깨나 이마에 다닥다닥 걸린 간판들
간절한 맘으로 벽에 명줄을 걸고
구름 떼처럼 모여드는
대박의 꿈을 꾸었으리라.

그럼에도 제 이름값도 못한 채
달마다 임대료와 인건비에 시달리며
세일 세일 외치며
반값으로 퍼주기도 하지만
허기에 꼭꼭 다문 지갑들이 끝내는
간판의 숨결을 짓누른다.

벽에 아슬아슬 매달려 버텨보아도
점점 힘이 빠져나가
끝내 거머쥔 손을 놓아버리는
저 단명의 생업.

또 다른 생존을 매달기 위해
한 사내가 고가사다리를 타고 외벽을 오른다.
창업이라는 이름이 즐비한
리모델링이 한창인 이면도로.

적막

꿈속을 들락거린다
하늘의 아내와 만나기도 하고
때로는 신발을 잃고 헤매다가
놀라서 꿈을 빠져 나오기도 한다.

맨발로 갈 수 있는 곳은 어디일까.

재회의 기쁨과
할 일이 남은 삶의 애착 사이에서
양쪽을 바라보다가
헐렁한 몸을 끌고
공원의 벤치에 앉아본다.

종일토록
푸른 세월 앗아간 햇살과 정산을 하며

안겨갈 하늘의 어느 풍경을 그려보는데
노을이 어둠에 쌓이고 있다.

 또 하루치 적막을 다 써버렸다.

지루한 하루를 접고
외로움을 절룩거리며 데리고 간다
어둠 가득한 빈집으로.

제4부

멀고도 아득한

봄비 2

언 씨방을 열어
환하게 꽃을 피우자
젖은 하늘을 건너온 벌 나비
꽃술에 신방을 꾸민다.

꽃 진 자국마다 수줍은 흔적,
푸른 이파리 뒤에 숨겨
더듬더듬 다듬은 매무새.

육필로 그린 율동
붉게 물들 때까지
무겁게 덧칠하고 있다.

장마전선

양산과 우산 사이
숨바꼭질하듯 넘나드는 날씨
하늘을 잘못 읽은 잠자리는
날개를 폈다 접었다 안절부절이다.

구름의 속내는 너무 난해해
일기예보가 늘 엇박자 치던 옛날
아내는 빨랫줄에 나를 널었다가 걷었다
가슴으로 다듬이질 했었지.

구겨진 햇볕의 시간들
비를 품은 구름을 보고
우산을 쥐어주려 했던 아내
내 고집 무게에 짓눌려 정류장에서
바짓가랑이 다 젖은 채 기다리곤 했었지.

하늘의 물기에 익숙지 못해
몇 방울의 비에도 쉽게 젖으며
삶의 무게에 눌리던 나날.

지금도 구름의 빛깔을 보고
쏜살같이 우산을 들고 달려오는가
숨찬 저 발자국소리는…

바다를 끌어안다

을왕리 바닷가 시 빚으러 갔다가
저녁놀 젖은 빈 소라껍질 하나만 데려와
소금기도 갯내음도 없는 빈방에
서가의 시집 곁에 모셨다.

바다의 심장 어디에 숨겨 두었던가
한밤, 펼쳐놓은 시작 노트 위에
파도를 끌고 와 가슴에 철썩철썩…
소라의 흐느끼는 소리가 질퍽하다.

갈매기 소리에 눈자위도 젖고
빛과 그림자 시원의 저 수평선에서
피었다 지는 아슬한 손짓까지
내 몸 속으로
바다의 율동을 생략하지 않는다.

검게 탄 하루의 커튼을 내리고
밤늦도록 잠마저 설치는 날
행여 파도소리 끊길까,
나선형 소라껍질 속에
나를 밀봉해놓고 눈을 떼지 못한다.

빈 소라껍질 하나가
수평선 시를 퍼렇게 끌어당긴다.

산지기

산으로 간 사람.

아침에 눈을 뜨면
그가 떠난 산을 바라본다.
잠들기 전, 풀잎에 맺힌 이슬을 받아
메마른 마음을 축이고
산을 바라보는 힘으로 살아간다.

겹겹이 쌓인 정적
낮에는 햇볕에 펼쳐 말리고
밤이면 조각달 이슬에 다시 젖는다.

산새와 꽃구름 불러 모아
장문의 편지를 쓴다.

내 손이 닿지 못할 곳
입산금지인, 그늘이 드리워진 그곳

하늘과 땅 사이 이어줄
산문 열고 갈 열쇠를 찾으려고
오늘도 쓴다.

내 영지靈地에 살고 있는 당신,
시 한줄 내 목숨으로 가꾼다.

나이테

며느리가 미역국을 끓인다.
시금치, 콩나물, 무나물도 무치고
오랜만에 조기와 옥돔 냄새 창들을 흔들고
현미밥 대신 흰 쌀밥으로 상을 차린다.

품에서 길렀던 새들
파리바게트에서 생크림 케이크 물고와
손뼉 치며 부르는 해피 버스데이
일흔 여섯 개의 촛불로 나이테를 완성한다.

고희의 촛불 켜기, 얼마 전, 얼마 전에
아내가 갑자기 세상을 떠나
어둠 속에서 매운바람 삼키며, 한동안
외톨이마냥 웃음도 잃어버렸지

가물거리는 촛불을 에워싸고 쏟아지는 노랫소리
귀여운 손자 손녀가 달려 나와
무릎 위 웃음꽃으로 피어나고
먼저 간 아내가 맴돌다 살그머니 떠나간다.

손주 녀석이 새해 달력에 동그랗게
햇님을 그려 넣는다.

나이테 하나 더 늘었다.

건망증

감자를 삶다가
몇 알쯤은 아직 묻혀 있을 것만 같아
텃밭에 나와 이랑을 넘나드는 사이,

냄비는 뻘겋게 달아오르고
생각의 끝자락은 까맣게 타고 있었다.
감자도 냄비도 새까맣게 타버려
구수한 입맛은 매운 연기로 까칠해졌다.

잘 여문 감자알처럼
기억을 붙들고 살았는데
자꾸만 생각을 놓치기 일쑤다.

구불구불 커브 길,

고비고비 넘으며 여기까지 왔는데
어느덧 세월의 파란 신호등이 빛을 잃어간다.

주머니에 넣었던 생각도 빠져나가고
내가 나를 못 미더워
집을 나섰다가
다시 돌아와 가스밸브를 확인한다.

집과 집 사이
늘 다녔던 골목길도 왠지 낯설어진다.

칸나의 블로그

진홍빛 노을이 깔린
"마음의 쉼터",
그녀의 집 대문을 클릭한다.

어쩌면 남은 시간이
노을처럼 사라질 것만 같아,
겨울이 오면 금세 칸나가 시들 것만 같아
그 옛 마음을 환히 켜들고 찾아간다.

곱게 물든 잎잎마다
한 마리 새가 되어 살며시 앉았다가
질긴 인연의 샘에서
마른 부리를 슬그머니 적신다.

들어오면 쉬어가라고
갈 때는 말없이 가라고
언제나 열려 있는 그 집의 문,

세상을 떠돌던 마음
그 집의 햇살이 궁금하여
날마다 발자국을 길게 찍는다.

남은 무게를 견디어야 할
빈집으로 돌아와 옷을 벗는다
쪽창에서 잠을 미루는 별을 따라
칠흑의 밤을 쪼며 쪼며 새벽을 건넌다.

찬란한 슬픔

아주 오래고 오랜 옛날,
갈래머리 소녀가 쥐고 놀던 가래 한 쌍,
내 손에 꼬옥 쥐어주었지.

한 알의 체온은 36.5도
한동안 따스한 체온으로 외롭지 않았는데
허기지던 보릿고개 건너며
사랑을 위해 가난한 사랑을 내려놓았지.

최초의 상처,
쉽사리 치유될 줄만 알았는데
강산이 다섯 번이나 변하도록 아물지 않았지.
해와 달로 흩어져 바라만 보다가
허공을 떠도는 멀미에 시달렸지.

교회당 종처럼 매달려
첨탑 위 떠가는 새벽 달을 보며 늙어갔지.

혹시라도
어디선가 찾아오는가 싶어
때로는 옛 기억을 더듬으며 종소리로 울었지.

반백半白의 통증,
인터넷에 띄운 내 詩에 걸어두었더니
뒤늦게 소리를 듣고
끊어진 길이 이어지고 있었지.

숲 저편에서 소식을 물고 날아오고 있었지.

멀고도 아득한

내 마음의 호수에
물수제비를 날립니다.
몇 걸음에 그만 가라앉은 돌,
그리도 무겁고 머나먼 별인 걸
그때는 알지 못했습니다.

수평과 수직의 그 높이
오직 별만이 아는 아득한 길
결코 건져내지 못할 영원한 침전인 것을

부력을 잃은 숨소리
호수 면에 자개무늬로 파랑이 일고
생을 떠받고 하늘을 떠받으며
때로는 온몸이 별 물로 젖어 들어도
어쩔 수가 없었습니다.

서로를 놓아주지 못한 심연의 거리
몇 억 광년의 거리인가요.
제 몫의 아픔을 한 움큼씩 녹이면서
끝내 건져 올려내지 못한 채
노을에 젖어들고 있습니다.

잠긴 별이 보이지 않는다면
그때는, 이 지상에
호수가 다 말라붙었기 때문일 겁니다.

징검돌

개울물에 길게 누운 징검돌
물의 깊이보다 높게 가슴을 내준
늘 외길이다.

개울가를 서성이던 발자국들
비바람 눈보라 칠 때면
드러난 돌의 깊이를 재어본다.
안개가 짙게 덮쳐오면
건너편은 아득히 멀어진다.

이쪽에서 저쪽으로
신을 신지 않은 영혼이
머나먼 이별의 꽃상여 타고 건너던 길,
물처럼 흘러간 이름들은 얼마일까.

큰물이 지면
어쩔 수 없이 제 몸을 깊이 숨겨
한동안 길을 지운다.

바람과 구름은 유유자적
발목을 적시지 않고 건너는데
몸이 무거운 나는 저 건너편을
하염없이 바라보고 서있다.

섬과 섬 사이

오랜 기다림이다.

파도가 몸통을 적시고
드나들 길은 사라졌다.
길이 있을 때는 아무도
섬이라 부르지 않았지

섬들은 외로워 날마다
세찬 파도를 뭍으로 보낸다.
때로는 떠가는 흰구름 붙잡아 놓고
사연을 듣고 싶은 게다.

여기와 거기
손이 맞닿을 듯 하면서도
이다지도 아득한가.

파란 하늘을 건너다가
창가에 머물러주는 꽃구름 한 덩이
서로의 눈 속에 담아두었다가
지긋이 돌아 앉아
살포시 꺼내 펼쳐보는 섬.

그 섬으로 살자
본연의 기다림으로 견디며…

갯바위

여기 터를 잡기 전
어디에 있었느냐고 물어봐도
망망대해만 바라볼 뿐, 너는
곁 눈길 한 번 주지 않는구나.

온몸에 하늘과 땅,
참뜻의 경전만을 새겨 넣으려
뭍바람과 갯바람에 심신을 씻고서

파도에 실려 온 천문天文,
뱃고동의 애환과 갈매기 울음도
다 품어 안는다.

두둥실 떠오는 구름에서
궁금했던 오대양 육대주 근황을 읽고

폭풍우 천둥번개 다 삼키며
수수만년 묵언으로 참선 중.

수평선이 一字로 입을 다물듯
너 역시 입이 무겁구나.

깎이고 깎이며
수억 겹으로 쌓아둔 말씀,
함부로 그 속내를 보이지 않아
참, 너는 바위인 것을.

남은 햇볕

요람에서 무덤까지
한 백 년쯤의 수많은 편린들을 꿰어 넣는
삶의 퍼즐 판에 마지막 찍을 발자국 하나
감사했노라며 어디메서 찍을까
지는 노을 눈치 살피며 교감 중이다.

얼마 남지 않은 햇볕
아껴 쬐면서,

달님이 덧칠해 주는 사이
벽에 사는 새가 날자 변경선에 나와서
열두 번 뻐꾹뻐꾹…
오늘도 무사했구려 안부를 전해준다.

음지였던 마음까지 데워주던

햇살이 가늘어지고
느지막이 찌든 몸 씻고
저녁연기 피어 오르기 좋은 시각.

허공 속으로 흐르던 실핏줄,
이제 광음光陰을 해독 못한 겨울 억새처럼
손짓하던 그대로
멀리 뵈던 하늘을 찾아
별의 심장에 파고들 피안이 지척인가.

볕에 물든 숲에 날아든
산 뻐꾸기 어렴풋이 뻐꾹뻐꾹…
날마다 남은 햇볕이 조금씩
무덤 쪽으로 졸아든다는 저 소리.

불꽃 축제

깡마른 내게 일몰이 젖어 들면
장작토막을 산더미처럼 쌓아놓고
기름 부어 성냥불을 댕겨라.

뼛속까지 깊게 박힌
허물과 오만까지 꽁꽁 묶고
땅에 떨어진 그림자도 모두 불러들이고
허공의 깃발에 매달린 슬픔까지
남김없이 태워라.

밤의 허기에서 벗어난 지 오래
어둠과 시소 하던 맨몸,
다 벗어 짐이 되지 않은 무량無量.
이제야 외발 걸음도 가벼우니

활활 타는 불길에도
사리 하나 없을 빈 몸
허전한 내 한쪽의 무게를 안았던
불면의 토막잠도 몽땅 구겨 넣어

불춤이 멎으면, 다 끝난다.
스멀스멀 오르던 연기 지나던 구름이 품어가
바람도 숲들도 요요寥寥 강산
이제 나는 이곳에 없다.

간절한 저녁

밥해놓은 지 사흘 째
보온밥통에 한끼 남아있는 현미밥
화산석 돌멩이처럼 굳어있다.

허기진 혓바닥을 겉도는 밥알들
밥맛이 사라지더니 입맛마저 쓰다.

밥은 피와 살과 뼈이기에
억지로 밥 한술 뜬다.

물과 불의 사랑이 껴안은 저 쌀들
시간이 지날수록 생의 진기는 빠져나갔어도
마지막까지 한 덩어리로 엉겨
그 산등성이 바위처럼 굳어져가고 있었다.

혼자 먹는 밥에 익숙해졌지만
사흘에 한 번 짓는 밥
쌀 씻고 안치는 건 여전히 서툴다.

때로는 시린 공복을 라면으로 채우고도
끼니 걱정해 주는 자식들의 목소리에
들키지 않으려 더듬거리는 입술.

갓 지은 따끈한 밥 한 그릇
간절한 저녁이다.

시통詩痛 1

한국문인협회 한 귀퉁이에
웅크리고 앉은 지 어언 4년인데
햇살은 자꾸 짧아지고 있건만
자리 값도 못하는 시력詩歷.

울음으로 담금질하던
그 수많은 밤들의 詩
하현달이 황소의 눈에 담아준
시의 샘물이 다 말라버렸나.

생각이 마른 커다란 눈망울
이리저리 굴리며 남은 간절함 토해내려도
원고지 여백은 채워지지 않고
詩의 깔딱 고개에서
자꾸만 흐려지는 시력視力.

마른 눈물마저 다 짜내어
오색 채운彩雲 같은 시 한편
내 詩밭 한 켠에
기어이 피워놓고 가겠노라고
바둥거리는 늙은 소 한 마리.

달팽이

바깥세상이 하도 궁금해
둥글게 길을 내고
종일토록 소리를 기다리는
달팽이가 내 귓속에서 산다.

한때는 꽃이 피는 소리
낙엽 뒹구는 소리도 놓치지 않았다.
동굴 깊숙이 머물던
그녀의 쓴 소리 단 소리
정겨웠던 목소리 그친 지 오래다.

사방이 무덤 속 같이 적막한 빈집
쓴 소리도 그리운 하루하루
어두운 동굴에 갇혀 귀가 먹먹하다.

하늘 길에서 추락해
유리창을 토닥거리는 저 빗방울 소리
온몸에 젖어드는 깊은 밤,

건기에 접어든 동굴 속
소란스러워 잠 못 들어도 좋아라.
부디, 하늘의 발자국 소리만 같아라.

얼굴

- 제6주기 추모일에

시린 하늘에 심어둔 별,
홀로 지키는 동짓달 늦은 밤,

반짝거리던 당신 눈동자를 그리고
그 위에 하현달을 데려와 재우고
고된 나날의 들숨날숨이 드나들던 콧등과
떠난다는 말 한마디 못한 마른 입술도 그렸다
상여소리 홀로 담으며 가던 귀도 붙여
지는 꽃처럼 고개 떨군 통증을
동그랗게 다 그리고,

나는
더 깊은 외로움의 늪으로 빠져든다.
끝내 뒤따라가지 못한 길,

밤마다 별빛과 눈빛의 숨결로 장전해
흉태운지 어언 여섯 해.

생의 흙먼지 한번 제대로 씻어주지 못한
허물 많은 내 얼굴, 마주 잡은 손
긴긴 愛를 끊는 새벽이 엄습해와
튀던 불꽃은 온데 간데 발자국도 없다

간밤에 내 가슴을 가로 질러
낸 그 길을 찾아
한 마리 학으로 비상하려, 깃털을
다듬는 하늘은 저리 눈부신가

찌

휴식을 모르는 내 영혼
흔들리기를 기다린다.
수면 위로 겨우 숨통만 내놓고
정작 수면 밑으로 끌려가기 기다리는
휴식은 언제쯤 올 것인가

바람에 흔들리지 않고
수면 아래로 빨려 들어가는 길
나를 묶어 통째로 끌려가기 기다리는
험난한 곡선이 길게 늘어지는 동안

네 심연에 드리운 찌,

줄 끊긴 채 둥둥 떠다닐 때

헛 흔들림에도 손맛이 시리고
혼자인 내 토막잠을 물고 놓지 않는다.

오늘도 너를 향해
하현달에 내 심장을 조금씩 떼어주며
다시 하나가 될 때까지
멀고 먼 이 길을 가리라.

담석膽石

55년이 넘도록 긴 터널 건너느라
덜컹거리는 내 몸뚱이, 정밀 검진기가
몸 속을 샅샅이 뒤지는 동안
나와 아내는 가슴을 졸였다.

가끔씩 복부를 찌르던 것은
오래 전 터를 잡고 살던 담석
담낭이 어둡고 비좁다고, 은근슬쩍
몸 밖으로 신호를 보낸 것이다.

의사는 담담하게,
못 견디게 통증이 오면 다시 오라고 한다.
평생 동행할 수도 있다는 귀띔도
덤으로 얹어주었다.

달력을 바꿔 달 때마다 받던 종합검진
심해저心海底에 가라앉힌 이리도
오랜 묵은 씨앗 한 톨도
예년의 그 모습 그대로란다.

오래 전
아내는 먼저 별이 되었지만,
아직도 담석을 떼어내지 않고
살아가는 고행 길,
돌 하나가 나와 동행하고 있다.

시향詩香의 깊이

두 번이나 읽어도 마음이 동하지 않고
세 번씩이나 묵독해도
맥이 통하지 않는 답답한 시,
사람보다 높이 앉아있는 시가 싫다.

빤한 소리
첫 줄만 읽어도
중간 연과 마지막 연까지 다 보이는 그런 시도
가슴에 앉지 않고 그냥 날아가버린다.

나는 시가 좋다.
첫 행부터 눈이 번쩍 뜨이고
중간 연에서
몇 번이나 생각을 곱씹다가
마지막까지 다 읽고 나면

가슴 찡한 시,
이런 시가 좋다.

머리맡 가까이서 나를 끌어당기는,
다시 읽고 싶은
아니 한 번도 써보지 못한,
그런 시는 어디에 있을까?

남은 생을 바쳐
그런 시 한 편 남기고 싶어
불꽃이 식어버린 차가운 내 심장에
다시 생각의 불을 지핀다.

지상에서 영원으로

각별했던 어느 지인의 장례
홀로 가는 길
잘 가라며 눈시울을 흠뻑 적셨다.

그 고인,
장미꽃이 진 화병에 구절초 꽂아놓고
무어가 그리도 다급하여
꽃보다 먼저 져버렸나

한줌의 재로 납골당에 안장되던 날.
두 줄기 씨앗들의 화음은
세 칸의 영택을 나란히 마련
먼저 간 장미 곁에 눕히고, 빈 방은
구절초 누울 곳으로…

먼 훗날,
그곳 하늘나라 화병엔
장미도 구절초도 어우러져
흐드러지게 피겠지.

교보문고에서

"사람은 책을 만들고 책은 사람을 만든다"는
캐치프레이즈를 내세운 이곳에는
죽은 나무들이 살아 숨 쉬고 있다.
나를 만들 나무를 찾아, 나는
빽빽하게 전시된 숲을 자주 드나든다.

말랑한 열매, 새콤달콤한 열매, 딱딱한 열매…
가슴앓이 하는 앳된 참새들
구석구석 부리가 아프도록 쪼며 맛을 본다.

시를 좇아 나선 길,
첫 페이지부터 시의 숲에 갇혔다.
주머니에 몰래 넣고 싶은 잘 익은 시어들이
행과 연에 매달려 있다.

하 많은 나날 내 책장에는
진달래 모란 국화꽃… 줄지어
피고 지는 향기 짙게 풍기는데
내 시는 흔한 들꽃향기만도 못한가.

언제쯤, 이곳에
무성한 이파리와 붉은 열매 매달아
새들이 찾아들 아름드리 나무로 설 수 있을까.

그림자에게

나는 너의 무거운 짐이었다.
한 번도 안부를 물어 본 적 없는 사이
시나브로 늙어버린 고목, 어느새
종이쪽처럼 구겨졌구나.

우산도 없이 궂은비에 젖은 숱한 날,
징검돌조차 없는 질척한 땅위를
바짓가랑이 걷어올리고 질퍽거리며
개이기 기다려도 기다려도
잿빛구름은 호락호락 하지 않았다.

젖은 옷 말릴 겨를 없었어도
투정 없이 뒤따라준 그림자,
세상의 무게 내려놓지 못한 채

어느덧 가파른 언덕길에 이르러
네가 나를 버려야 할 시간,

흙과 바람의 벌판을 지나
고행이 없는 저 별나라에서나
야윈 너를 안온하게 누일 수 있을까
끝내, 한 몸이 되어.

놓을 수 없는 풍경

해 뜰 무렵, 관악산을 오르다가
산비탈 소나무 하나를 차지하려는
격렬한 싸움을 보았다.

주린 배를 채우려는 청설모 부부
온몸으로 알을 지키려는 까치 부부
한사코 오르고 온몸으로 밀쳐낸다
땅과 허공이 겹치기를 반복하는 사이
조용했던 아침 숲이 출렁거린다.

차마 보지 못할 저 싸움
주머니에 든 과자봉지를
나무 밑에 통째로 뿌려주고도 일렁이는
그 숲을 차마 놓을 수 없었다.

저물녘, 길을 피해 하산한 뒤,
산 아랫마을 시끌벅적한 식당에서
막걸리에 도토리묵 한 사발 먹었더니
주린 청설모의 눈이 어른거린다.

사는 일이
사람이나 짐승이나 별반 다를 게 없구나.

시인의 변비

아랫마을 욕쟁이 할머니
윗동네 못된 짓 한 놈들에게
똥 못 싸고 뒈질 놈이라고 퍼부었다.

변비를 겪어본 사람은 안다
시간이 지날수록
그것이 얼마나 고통스러운지를,

남몰래
꿀꺽꿀꺽 남의 것 배터지게 삼키고도
잘 살아가는 사람들
곳곳에
욕 몇 바가지 뒤집어 쓸 놈들이 많은데,
그 할머니가 보이지 않는다.

눈물 나게 분통터져서
육두문자로 욕해줄 누구 없나?
애꿎은 나는 시를 안고 끙끙 앓는다.

흙탕물 일으키는 저 미꾸라지
건져낼 투망을 기다리는데
며칠째 불통이다.

토막잠

아파트 4층, 오두막 같은 내 집
더 이상 잃어버릴 것도 없는데
쇠락한 목숨 하나 겨우 붙잡고 있을 뿐인데
눈 부릅뜬 보안등, 무얼 지켜주겠다고
내 밤잠마저 빼앗는가?

반 박명薄明에 취한 내 눈망울
몇 번이나 실 눈썹 붙였다 떼었다 끝내는
시트를 이마 위까지 끌어 올리고서야
겨우 흰 눈썹을 붙인다.

토막잠이 불안해
날마다 숨차게 달려온 애들,
응, 잘 있다 걱정하지 말라 하였지만

땅끝을 건너뛰는 예행연습 같은 놀이
시트가 잠을 끌고 이마 위에서 출렁거린다.

그래도 아침마다 눈부신 햇살이
굽은 등에 시간의 치수를 가늠하는 동안
벽시계 글자판 속에서 내 八字 뒤척이다가
쫓기듯 일어나 또 하루치의 밥을 짓는다.

언젠가 깊은 잠에 빠져들
남은 그 토막잠 뼈와 살을 위해.

後記

아직도 시인이라는 호칭은 어색하기만 합니다. 한평생 공직생활이 몸에 배어서인지 시적 정서는 그 어디에도 배어있지 않은 듯한데 어느덧 칠순이 깊었습니다. 그동안 내자 부재의 공지를 메워준 시에게 감사합니다.

시는 제 반려자를 대신하여 고독과 공허를 메꾸어 준 인생의 길동무입니다. 영혼의 촛불을 켜들고, 제 몸을 태우면서 시와 함께 동고동락한 게 저로서는 더할 나위 없는 행운이요 축복입니다.

시작의 기승전결도 연도 행도 모르면서 무모하게 도전했었습니다. 시는 설명이 아닌 표현과 응축의 묘미를 살려야 한다는 스승의 따뜻한 지도하에 이것이 천업이요 천직이니라 여기고 최선을 다했습니다.

그 결과 문단에 데뷔한 후 한국문인협회 회원이 되었습

니다. 저는 제 이름 뒤에 시인이라는 호칭이 붙을 줄은 꿈에도 상상하지 못했었습니다. 계간종합문예지『문학사계』(2008년 봄호)에 시 부문「3번아 5번 찾지 말고」,「대장간」,「불의 말」등이 데뷔작으로 당선되어 어려운 등용의 영광을 차지하게 되었습니다.

그 후, 첫 시집『모란을 찾아서』(문학사계, 2010)를 부끄러움을 무릅쓰고 발행하였고, 두 번째 시집『시간 허물기』(새미, 2012)를 간행하였습니다. 문학가족 동인지『사금처럼 빛나는』(문학사계, 2012) 공저에 참여하기도 했으며, 이번에 세 번째 시집『노을밭 조약돌』(새미, 2013)을 상재하게 되었습니다.

이 제3시집이 나오기까지 지도해 주시고 격려해주신 모든 분들께 감사드립니다. 앞으로 남은 여생이 얼마일지는 모르지만, 날로 쇠약해지는 몸을 이끌고 오직 시만이 제 삶의 위안이고 반려자라는 생각으로 제4시집을 향하여 정진하고자 합니다. 계속 격려로 용기를 주시기 바랍니다. 감사합니다.

2013년 가을. 김원명 적음.

∴ 지은이 _ 김원명金元明

전남 해남 출생
동국대학교 법정대학 법학과 졸업
해운항만청 목포지방해운항만청장
해운항만청 제주지방해운항만청장
해양수산부 부이사관 명예퇴직
근정포장 수상
(주) 한국항만기술단 부회장
문학사계 시 부문 등단(2008년 봄호)
한국문인협회회원
시집『모란을 찾아서』(문학사계, 2010)
시집『시간 허물기』(새미, 2012)
공저『사금처럼 빛나는』(문학사계, 2012)
전화번호 : 011-9942-2584
E-mail : ksyj21405@hanmail.net

버림받다 18

노을밭 조약돌

초판 1쇄 인쇄일	| 2013년 10월 3일
초판 1쇄 발행일	| 2013년 10월 7일

지은이	| 김원명
펴낸이	| 정진이
편집이사	| 박지연
책임편집	| 이가람
편집/디자인	| 이하나 신수빈 윤지영
마케팅	| 정찬용 권준기
영업관리	| 심소영 김소연 차용원
전자책 사업팀	| 진병도 김지은
인쇄처	| 태광
펴낸곳	| 새미

등록일 2005 03 14 제25100−2009−8호
서울시 강동구 성내동 447−11 현영빌딩 2층
Tel 442−4623 Fax 442−4625
www.kookhak.co.kr
kookhak2001@hanmail.net

ISBN	| 978-89-5628-630-3 *04800
가격	| 12,000원